Mit seinem Besuch hätte ich niemals gerechnet.
Kriiie
Bitte verzeih die Störung..
Finde ich hier die »Hexe vom See«?
Ja … Sie steht vor Euch.
Die »**gute** Hexe vom See« bin ich.
Sst

Kapitel 1
Gut. Ich brauche etwas von dir.

Artwork: Kamada
Story: Eiko Mutsuhana
Character Design: vient
Hallo, ich bin eine
HEXE
&
mein Schwarm wünscht sich einen
LIEBESTRANK
von mir

Hallo, ich bin eine
HEXE
&
mein Schwarm wünscht sich einen
LIEBESTRANK
von mir

Inhalt

Tief in einem Wald fernab der königlichen Stadtmauern …
… steht eine Hexenhütte, der sich niemand ohne Grund nähert.
Einsam und verfallen thront sie auf einer kleinen Insel mitten in einem See …
… dessen Überquerung nur mit einem kleinen Boot möglich ist.
Hier wohne ich, Rose.
Man nennt mich die Hexe vom See.

Da meine Mutter eine Hexe war, wurde auch ich als Hexe geboren.
Nach dem frühzeitigen Tod meiner Mutter zog mich meine Großmutter auf …
… doch seit auch sie vor vier Jahren verstarb, lebe ich allein hier.
Wer mich aufsucht, möchte in der Regel einen »Hexentrank«.
»Hexentränke« sind magische Mixturen mit wundersamen Wirkungen, die einzig Hexen zubereiten können.
Die meisten möchten beim Erwerb solcher Tränke möglichst unerkannt bleiben.

Zieh
Ob es ihm auch so geht?
Schiel
Aber ...
Ich kenne ihn!
Sein Name ist Harij Azim.
Sohn eines Aristokraten und Eliteritter im Dienst des Königs.
Jemand wie er käme niemals hierher ... dachte ich.
Doch nun steht er vor mir.

Was kann er nur wollen?
Batamm
Fhh
Ich möchte, dass du einen Liebestrank für mich braust.

…
Swsh
…?
Salat?
Was zum …?
Mümmel
Mümmel
Knurps
Mümmel
Liebestränke habe ich gegenwärtig leider nicht auf Lager.
Knabber
Knurps
Ah
Herstellen kannst du sie also, ja?
Oh nein …

Im Prinzip ja.
Das war nicht sehr schlau von mir.
Dann erteile ich dir den Auftrag und werde selbst dafür sorgen, dass du die nötigen Zutaten erhältst.
Knurps
Knurps
Knurps
Das wird aber ziemlich teuer.
Der Preis spielt keine Rolle.
Knurps
Knurps
Knurps
Zudem ist die Herstellung sehr zeitaufwendig ...
Dann ist es eben so.

Verzeih bitte meine Forschheit ...
... aber ein Nein werde ich in dieser Angelegenheit nicht akzeptieren.
しゃく…
Knurps
Schluck
Und so ...

... brach ein Liebestrank mir das Herz.
Nun gut.
Dann brauche ich zuallererst ...
Huuh
Huuh

Kriie
Willkommen.
Habt Ihr sie mitgebracht?
...
Batamm
Bitte, kommt doch herein.
Ich nehme Eure Sachen.
Tapp
Gerne auch das Schwert.
Tapp
Starr
Er traut mir nicht ...
Fwipp

すっ
Swt
ばさっ
Raschel
Lins
チラ
Ah …
Er ist so schön, dass ich Gänsehaut bekomme.
Diese kräftigen und doch graziös geschwungenen Augenbrauen …
Das Ultramarinblau seiner Augen strahlt wie die Oberfläche eines Sees an einem verschneiten Tag …
Dazu das silberne Haar, das sanft seine Ohren umschmeichelt …
Seine Ohren sind gerötet … Ob ihm kalt war?
…
Dodom
Dodom
Swsh
ズイッ

Wupp
Gut.
Dann lasst mich die Zutat bitte überprüfen.
»Die Leber einer vom Ultraschall der Kragenfledermaus berauschten Feuermaus«, richtig?
Korrekt.
Wirrwarr
Hier ist Platz.
Sst
Raschel
Das ist ein Tisch ...?
Unglaublich ...
Raschel
Ja, dieses Exemplar ist makellos.
Ihr scheint beim Ausnehmen äußert sorgsam vorgegangen zu sein.
So eine schöne Leber sehe ich selten.
Wupp
Hmpf
Dann kannst du ja nun endlich ...

Wupp
くる、
Ja.
Ich kann Euch endlich mit der nächs-ten Zutat be-auftragen.
Als Nächstes ...
Hrgh
ピキ
D...
Das war immer noch nicht alles?!
Graaah

Der wievielte Auftrag ist das?!
Letztes Mal war es der Pollen einer nur an Steilhängen blühenden Blume!
Davor der erste Regentropfen, der vom Himmel fällt!
Und davor die Wurzel eines Krauts, das fürchterliches Geschrei von sich gibt!
Die Beschaffung jeder dieser Zutaten erfordert enormen Zeitaufwand!
Wieso nennst du sie mir nicht alle auf einmal ?!
Doo
Dooo
Die Pharmazeuten des Königs erhalten für so was Disziplinarstrafen!
Doooooo
…
Zieh
Zitter
Ah!
Zitter
Ngh
Fwsh

Verzeih bitte. Ich wollte dich nicht anschreien.
すっ
Swt
Nein …
Ihr blendet mich nur.
Zitter
ふる
So nah …
Hä?
Zitter

Glitzer
Glitzer
Weil Ihr so gut aussehend seid.
Zu hell!
Glitzer
Glitzer
...
Was soll das denn auf einmal heißen?
Aufricht
Genau, was ich gesagt habe.
Was auch immer.
Ah! Dieser Ausdruck gefällt mir auch ...
Schiel

Was für ein Mensch möchte wohl einen Liebestrank?
Möglicherweise mangelt es ihm an Selbstvertrauen ...
Oder die angebetete Person ist unerreichbar ...
... oder bereits an jemand anderen vergeben.
Gwipp
Was auch immer die Umstände sind ...
... die Wahrheit bleibt: Es gibt jemanden, dessen Herz er begehrt.

Der Mann, für den ich Gefühle hege, kam hierher.
Er sagte, er wolle einen Liebestrank von mir.
Von meiner einseitigen Liebe für ihn hat Harij nicht die geringste Ahnung ...
... und zweifellos erkennt er mich nicht wieder.
Vor Jahren habe ich mich in der Stadt still und heimlich in ihn verliebt.
Das ist alles.
Das Einzige, was mir bleibt ...
... als Eremitenhexe, die niemand zur Kenntnis nimmt ...
... ist, bis zur Übergabe des Tranks noch etwas Zeit zu schinden.

Dass er sich in mich verlieben könnte, wage ich auch gar nicht zu hoffen.
Mir genügt schon, ihm wenigstens kurz in Erinnerung zu bleiben.
Diese kleine Trickserei ist ein Ausdruck meiner Liebe.
Verdiene ich nicht Lob dafür, ihm den Trank bei unserer ersten Begegnung nicht gleich ins Gesicht geschüttet zu haben?
Aber als Hexe ist das natürlich unvorstellbar.
Dann nenne ich Euch nun die nächste Zutat.
Die Fühler der Regenbogengrille.
Bitte rupft sie unbedingt **in einer Vollmondnacht** aus.

Wir hatten gerade erst letzte Woche Vollmond.
コクリ
Nick
Das ist wahr.
Ist dir klar, dass ich auch noch anderes zu tun habe ...?
じろぉ…
Starr
Natürlich.
Herr Elite-ritter!
Wenn Euch die Zeit fehlt, können wir wohl nichts tun.
Das ist sehr schade.
Hach ...
わな…
Beb
わな…
Beb
ハァ〜…
Hahh
Er macht also weiter.

So sehr sehnt er sich also nach dieser Person ...
Dröp
...
Aah! So eine Verschwendung!
Zuck
Badamm
Bitte sagt mir das nächste Mal Bescheid, bevor Ihr seufzt.
Es gibt einen Trank, für den ich den Seufzer eines schönen Mannes brauche.

Rratsch
Das kündige ich ganz bestimmt nicht vorher an!
Groaaa

Hallo, ich bin eine
HEXE
&
mein Schwarm wünscht sich einen
LIEBESTRANK
von mir

Kapitel 2

Tief im Wald, unweit der Königsstadt …
… in einer einsamen Hütte auf einer Insel mitten im See, lebte einst …
ゴリ Krs
ゴリ Krs
ゴリ Krs
… die Hexe vom See, deren Titel über Generationen hinweg vererbt wurde.
ゴリ Krs
Die jetzige Hexe vom See bin ich, Rose.
ゴリ Krs
ゴリ Krs
Die Arbeit einer Hexe umfasst alles Mögliche, doch ich stelle hauptsächlich Mixturen her.

Beispielsweise »Hexenwundermittel«, die wegen ihrer besonderen Kräfte von Kunden gekauft werden.
Für so etwas sind wir Hexen da.
Jedoch finden diese Wundermittel nur wenige Abnehmer, denn sie sind sehr teuer.
Allein davon könnte ich nicht leben. Daher kreiere ich auch andere Mittel.
So wie die ...
... »Verjüngungskur für die Haare« oder meine ...
Krnsch
Krnsch
... »Wärmesalbe« ...
Ein Händler, der regelmäßig vorbeikommt, verkauft sie für mich. Wir sind alte Bekannte.
Gerade arbeite ich an einer Räuchermischung, die Insekten fernhält ...
Eigentlich dachte ich ...
... ich würde auch weiterhin auf diese weltentrückte Art ...
... als Hexe still vor mich hinleben, aber ...

Nachdem mein heimlicher Schwarm der letzten vier Jahre gestern einfach hier auftauchte ...
... und einen Liebestrank verlangte für die Person, die er liebt ...
Graaaah
... darf ich ein bisschen schmollen, finde ich.
Hah
Meine erste Begegnung mit Harij ...
... liegt nun vier Jahre zurück.

Meine Großmutter war damals gerade erst gestorben.
Mir waren die Zutaten für meine Mixturen aus-gegangen ...
... und zum ersten Mal ging ich ganz allein in die königliche Hauptstadt.
Lärm
Lärm
Lärm
Lärm
Zuvor war ich immer nur mit meiner Großmutter dort gewesen ...
... sodass ich nicht einmal den Laden fand, zu dem wir immer gingen.
Ich wollte jemanden fragen, aber alle schienen so beschäftigt, dass ich mich nicht traute ...
Lärm
Lärm
Ähm ...
Lärm
Lärm

Zu diesem Zeitpunkt hatte ich gerade erst …
… das Familiengeschäft und den Haushalt meiner Großmutter übernommen.
Ich fühlte mich unfähig, das Vertrauen der Kunden zu gewinnen …
… und war mit dem Haushalt vollkommen überfordert.
Ich war ängstlich und verzweifelt.
Die Schönheit der Königsstadt voller Lachen und Leben drang nicht zu mir durch.
Die Stadtbewohner in ihren herrlichen Gewändern …
… führten mir nur umso stärker meine eigene Armseligkeit vor Augen.

Doch dann …
Übrigens, hast du schon gehört?
Die Hexe vom See ist tot!
!
Echt?!
Wupp
Die Alte gab's doch schon, als ich noch ein kleiner Hosenscheißer war!
Die war schon über zweihundert oder so, nicht wahr?
Hätte ja gedacht, dass sie mindestens noch mal hundert Jahre lebt!
Das ist falsch.

So alt war Großmutter nicht.
Sie wird mit ihren Vorgängerinnen vermischt.
Ich muss das klarstellen, für Großmutters Ehre!
Dann frage ich auch gleich, wo ich …
Sst
Wie auch immer.
Hauptsache, sie ist tot! Was für 'ne Erleichterung!
Ha ha ha ha
がははは!

»Erleichterung« ...?
Der gute Ruf unserer Stadt hat schon genug gelitten, nur weil sich in der Nachbarschaft 'ne Hexe eingenistet hat!
Warum ...?
Wir konnten sie ja schlecht davonjagen!
Was, glaubst du, passiert wohl, wenn du dir den Zorn einer grausamen Hexe zuziehst?
Die macht weiß Gott was mit dir!
Meine Großmutter ... Hexen würden so was niemals tun ...
Hab auch meinen Kindern gesagt, dass sie keinen Fuß in den Wald setzen dürfen, weil dort eine Hexe wohnt, die Menschen frisst!
Aber dann brauchen wir uns jetzt ja keine Sorgen mehr zu machen!
Da erfuhr ich zum ersten Mal ...

…
dass Hexen gefürchtet werden, als wären sie Existenzen aus einer völlig anderen Welt
…
…
und dass ihr Tod voller Hass herbeigesehnt wird.
Ob Großmutter davon wusste?
Dann hielt sie es all die Zeit ganz allein aus
…
…
um mich vor all der Boshaftigkeit
…
Erleichtert, dass ein Mensch gestorben ist? Ihr widert mich an.

Wupp
Katsching
Hey
Wirt, die Rechnung.
Jawohl!
»Ein Mensch«? Na hört mal ...
Wir reden hier von einer Hexe!
Ss
Na und?
Eine Hexe ist zweifellos auch ein Mensch.

Oder hat euch eine Hexe schon mal etwas zuleide getan?
Uh
N..
Nein ...
Gatamm
Aha!
Doo
Ich würde ja jemanden verfluchen, der sich über meinen Tod freut.
Hoffen wir mal, dass sie wirklich eine **gute Hexe** war.
Gwipp

Flapp
チラ
Blick
!
Blinzel
ぱちっ
Was?
Schreit

Wupp
Klapper
Panisch
Ich muss ihm danken ...!
Ah, aber ... Ich kann mich nicht als Hexe ausweisen ...
Meine Robe ist zu Hause ...
Hey! Harij!
Herr Azim, wartet doch!
Eil
Dieser indigoblaue Umhang ...
Das war ein Ritter, oder?!
Ihr habt ihn doch nicht etwa verärgert?! Also ich habe nichts damit zu tun!
»Azim« ... Hieß so nicht auch der Fürst von Khayzuran ...?

Harij Azim …
An dem Tag, als ich ihm das erste Mal begegnete …
… verliebte ich mich in ihn.
Ich wusste, dass meine Gefühle ihn niemals erreichen würden.

Und dennoch …
Dass wir uns auf diese Weise wiedersehen würden …
Gegenwart
Schwing
Diring
Schwing
Gaa
Ah!
Die Glocke …!
Stürm
Au!
Bonk
Auf der Glocke liegt angeblich der Zauber einer mächtigen Hexe aus uralter Zeit.
Sie läutet, wann immer ein Besucher sich dem kleinen Boot am gegenüberliegenden Ufer nähert.
Bwupp
Ist er etwa …

Husch
Wupp
Hah
Zieh

でろん
Krumpel
Oh
ごくり
Schluck
Ganz schön verschmutzt ...
Ich möchte sie waschen, aber ...
... falls Harij ausgerechnet dann kommt, kann ich ohne Robe mein Gesicht nicht verbergen ...
Und eine andere hab ich nicht ...
Aber Tien kommt erst in zwei Wochen wieder her ...
Ich muss mir unbedingt etwas Neues besorgen.
Großmutters alte Sachen hab ich auch komplett aufgetragen ...
う～ん
Hmm

Schnüff
Schnüff
くんくん
Ngh
...
Wasche ich sie eben doch ...
Glitzer
キラ
Glitzer
キラ

ちゃぽんっ
Wapp
バシャ
Platsch
Gleich noch die Blumen gießen.
ぽいっ
Schwupp
ぽいっ
Schwupp
トン…
Klack
Zaubermittel gegen hartnäckigen Kesselschmutz
Magischer Duft zum Aufsprühen vor einem Date
…
Magischer Duft zum Aufsprühen vor einem Date

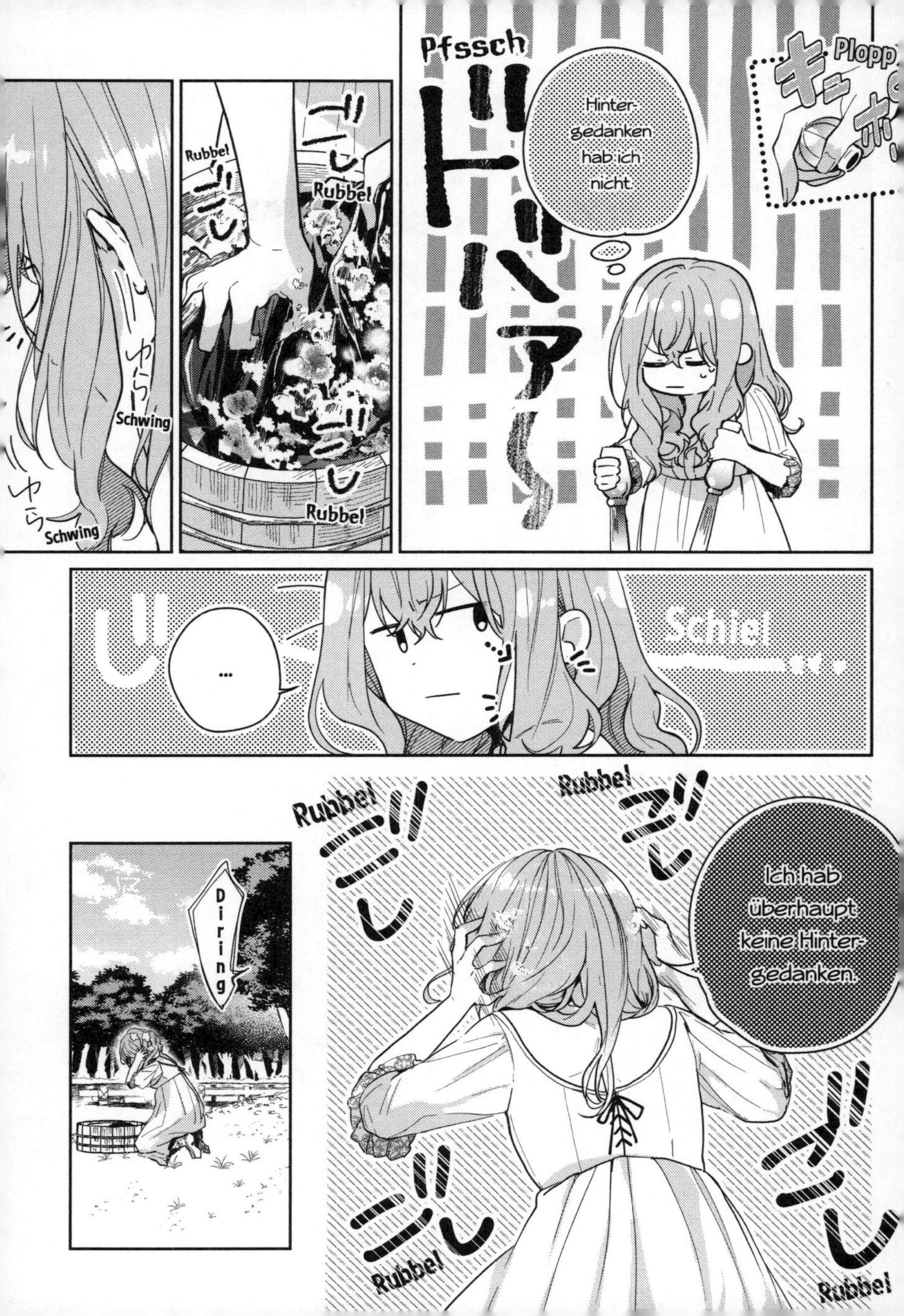

Plopp
Pfssch
Hinter-gedanken hab ich nicht.
Rubbel
Rubbel
Rubbel
Schwing
Schwing
Schiel
...
Rubbel
Rubbel
Ich hab überhaupt keine Hinter-gedanken.
Rubbel
Rubbel
Diring

Düdümm ...
Im Ernst ...?!
Jemand ist am Boot ...
Wer das wohl ist? So tief in den Wald verirrt sich nur selten jemand.
Es müsste also ein Kunde sein ...
Wenn Harij ausgerechnet jetzt käme ...!
Nein, warum sollte er?!
Er kam bisher immer abends!
Rubbel
Rubbel
Aber was, wenn doch ...?!
Rubbel
Rubbel
Rubb
Rubb
Schluck
Wupp

Tada
ちょこんっ
Felx
ドャァァ
Pff
フッ

Rubbel
Ist ja auch egal!
Wär er es gewesen, hätte mir das gar nichts ausgemacht!
Rubbel
Rubbel
Überhaupt nichts! Ich dachte mir nicht das Geringste dabei!!
Stampf
Stampf
Stampf
Aaaaaah!!
Maaaaann!!
Flitz
Platschwapp

ぶく
Blubb
ぶく
Blubb
ぷはっ
Pwah
すい〜
Treib
So schön kühl ...
Irgendwie bin ich auf seltsame Art müde ...

Dieses Auf und Ab meines Herzens bin ich nicht gewohnt.
Schließlich lebte ich all die Zeit allein. In meinem Leben geschah praktisch nie etwas Neues.
Auch die Liebe, der ich vor vier Jahren verfiel …
… betrachtete ich lediglich als schöne Erinnerung, die ich ab und zu …
… nur für mich hervorkramen und betrachten konnte.
Ich hatte nie die Absicht, mich mit diesen Gefühlen auf so eine entblößende Weise auseinanderzusetzen.

Von Tien abgesehen kommt es vielleicht alle paar Monate einmal vor, dass jemand eine Hexe aufsucht.
Deshalb beschleunigt sich jedes Mal mein Puls, wenn die Glocke erklingt …
… und ich bekomme etwas Angst.
Aber …
Natürlich bin nicht ich es, für die Harij hierherkommt.
Für ihn ist nur »die Hexe« von Interesse.
Ob mein Gesicht dreckig ist oder ich nach Schweiß rieche …
… ist ihm doch vollkommen egal.

Warum nur will mein Herz das nicht begreifen ...?
Rinn
Plitsch
ぽちゃん

Hallo, ich bin eine
HEXE
&
mein Schwarm wünscht sich einen
LIEBESTRANK
von mir

Hallo, ich bin eine

HEXE

&

mein Schwarm wünscht sich einen

LIEBESTRANK

von mir

Eine »Salbe für die Achseln, um Frauen anzuziehen«.
Dazu noch das »Pulver gegen Juckreiz an den Fußsohlen« ...
Klack
... und die »Räuchermischung, die Insekten fernhält«.
Das hätten wir also.
Das ist Tien Kong, der Händler.
Wir kannten uns schon, als meine Großmutter noch lebte.
Deine Waren sind gut bei mir aufgehoben!

Kapitel 3

Tien kommt regelmäßig und verkauft mir Alltagsdinge …
Im Gegenzug nimmt er mir meine Mixturen ab.
Er verkauft sie dann weiter.
Viel Geld gibt es dafür nicht, daher muss ich umso mehr herstellen.
Natürlich kann ich …
… auch Simples wie Erkältungsmedizin herstellen …
… doch mittlerweile findet man überall Ärzte, sodass die Nachfrage gesunken ist.
Swsh
…
Schluck
Das hat keine tiefere Bedeutung.
Ich will nur etwas Neues, da ich nur noch Altes besitze.
Genau.
Übrigens …

Hast du zufällig Roben dabei?
Irgendwas, ich brauche nichts Besonderes.
!
...
Leider nein!
Aber ... hm, ja.
Ich geh **auf der Stelle** Stoffe besorgen!
はああああっ
Paaaaaa
Ich ahne nichts Gutes ...
Grins
Grins
Dieses Gespräch führten wir gestern.

Und heute ...
Flapp
Fwah
Diesen Stoff ziert eine Blume, die nur am Grund einer gewissen Oase blüht. Die Perlen darauf sind das Werk eines Glasbläsers, der auch den königlichen Hof beliefert.
Dieses Unikat hier ist aus dem Pelz eines Wesens, von dem es heißt, es zeige sich nur im Schein der Mitternachtssonne in der weißen Nacht.
Glitzer
Und dieser Stoff ...
Er wurde im Weihwasser des Schneelandes gefärbt. Wie oft man ihn auch wäscht, die Farben verlieren nie an Brillanz.
Glitz
Glitzer
Glitzer
Aha ...
Dass er schon am nächsten Tag mit so viel wiederkommt ...
Na, Rose?

Was hättest du gerne, meine werte »Hexe vom See«?
むずむず…
Mnnghhn
すす…
Swwt
Also meine Top-empfehlung wär ja dieser lavendelblaue hier.
Wobei ich dir auch gern Rosarot andre-hen würde ...
チラ
Späh
Auf gar keinen Fall!
Hah ...
Dacht ich mir schon.

Wieso hast du nur so auffällige Farben mitgebracht ...?
Am liebsten würd ich ihm die »Tinktur zum Austreiben böser Geister« einflößen!
Warum, fragst du ...?
Quassel
Piks
Na hör mal! Du zeigtest bisher nie Interesse an schöner Kleidung ... doch nun, nach all der Zeit, fängst du plötzlich damit an?
Quassel
Quassel
Uh
Wie konnte mich da nicht die Begeisterung packen?!
Quassel
Quassel
Nicht einmal, als du den Namen »Hexe vom See« übernahmst, konnte ich dich überreden, dir etwas zu gönnen.
Über den Preis brauchst du dir keine Gedanken zu machen.
Sieh es als verspätetes Geschenk von mir an!

Komm!
さぁっ
Also lass dir von mir etwas ganz Honigzucker-süßes an-fertigen!
»Honig-zuckersüß« ...?
Für Tien bin ich anscheinend immer noch das kleine zehnjähri-ge Mädchen ...
Bei unserer ersten Begeg-nung versteckte ich mich hinter Großmutter.
Bereits Tiens Vater kam »die Hexe vom See« regelmäßig besuchen ...
... und Tien hatte das Handelswesen von ihm gelernt und schließlich das Geschäft übernommen.

Ich verdanke ihm und seinem Vater sehr viel.
Als meine Großmutter von uns ging …
… hätte ich ihr ohne die beiden nicht einmal ein vernünftiges Begräbnis bieten können.
Hah …
Aus genau diesem Grund fällt es mir schwer …
… das abzulehnen.
Swsh
Ich kenne mich zwar nicht gut aus damit …
… aber dass sich so prächtige Stoffe nicht für Hexenarbeit eignen …
… ist doch wohl klar.

Im Grunde ...
... denke ich nicht, dass mir etwas davon steht.
Ich weiß aber auch, dass Tien bei Farben nie danebenliegt.
Dieselbe Farbe wie Harijs Umhang ...
Ah ...
Wie schön ...
Aber ich könnte mich darin sicher gar nicht konzentrieren.
Ständig würde ich mir einbilden, es sei sein Umhang, der mich umhüllt!
Starr
Oh, der hier interessiert dich?
Breiten wir ihn doch mal aus und schauen ...
Ss
Nicht!
Gwipp

Tien,
lass das.
...
...
かあああっ
Urghh
Mist!
Natürlich
weiß er jetzt,
dass ich diese
Farbe mag!

Raschel
Raschel
Klapp
Zück
Hier.
Schau mal.
Diese Farben stehen dir.
Dieser Stoff wirkt vielleicht unscheinbar ...
... aber die Naht verläuft in einer Art Blumenmuster, siehst du?
Swsh
Im Sonnenlicht kommt es richtig zur Geltung.
Dann wär es schade drum, denn ich gehe selten in die Sonne.

In dem Fall nehmen wir diese Farbe hier.
Sst
Man nennt sie Viridian.
Die Farbe des Waldes, den du so magst.
Das Grün des sich im See spiegelnden Waldes ...
Starr
Diesen also!

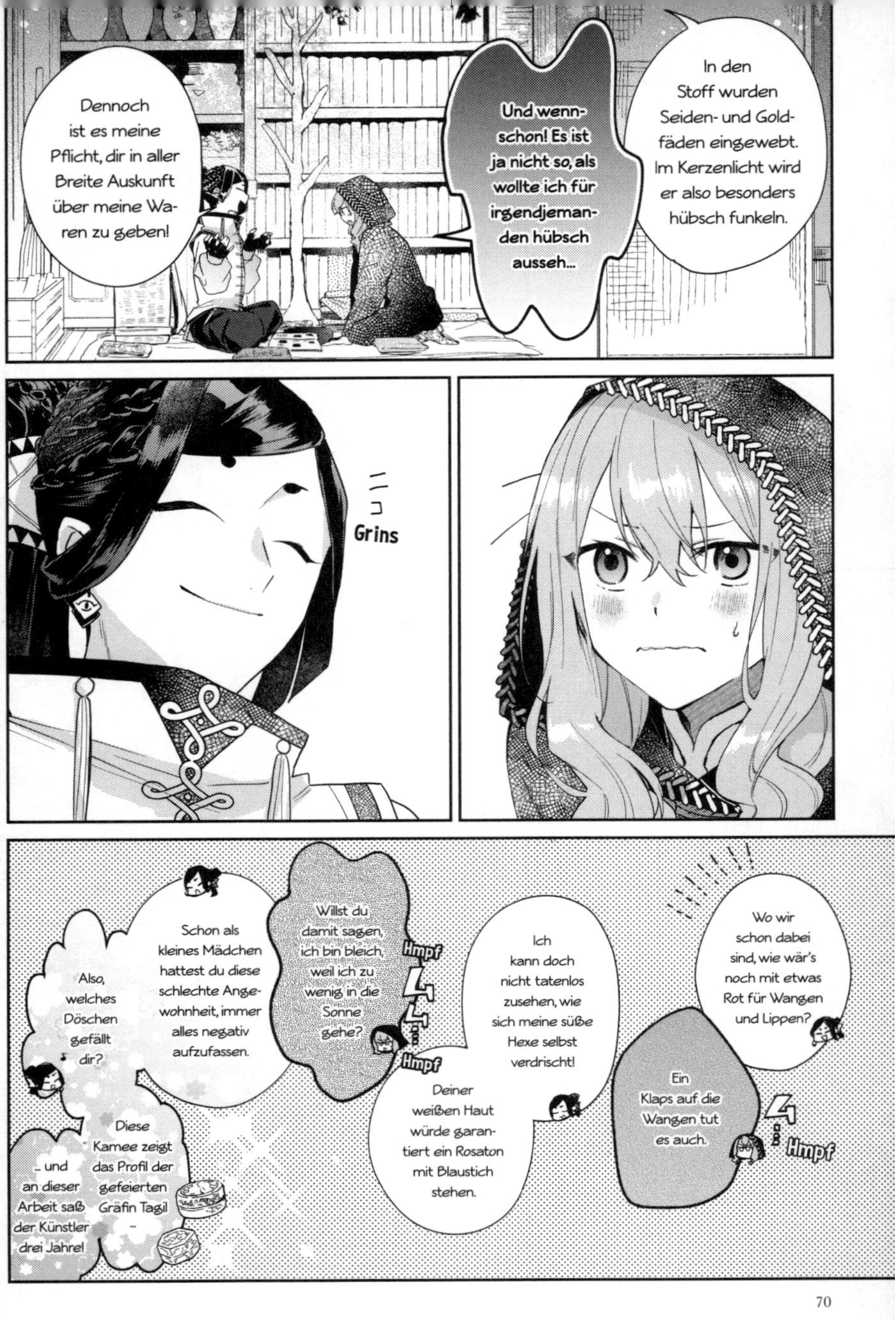

In den Stoff wurden Seiden- und Goldfäden eingewebt. Im Kerzenlicht wird er also besonders hübsch funkeln.
Und wennschon! Es ist ja nicht so, als wollte ich für irgendjemanden hübsch ausseh…
Dennoch ist es meine Pflicht, dir in aller Breite Auskunft über meine Waren zu geben!
Grins
Wo wir schon dabei sind, wie wär's noch mit etwas Rot für Wangen und Lippen?
Ein Klaps auf die Wangen tut es auch.
Hmpf
Ich kann doch nicht tatenlos zusehen, wie sich meine süße Hexe selbst verdrischt!
Deiner weißen Haut würde garantiert ein Rosaton mit Blaustich stehen.
Willst du damit sagen, ich bin bleich, weil ich zu wenig in die Sonne gehe?
Hmpf
Hmpf
Schon als kleines Mädchen hattest du diese schlechte Angewohnheit, immer alles negativ aufzufassen.
Also, welches Döschen gefällt dir?
Diese Kamee zeigt das Profil der gefeierten Gräfin Tagil –
… und an dieser Arbeit saß der Künstler drei Jahre!

Geld brauche ich nicht. Ich will diese Dinge ein-fach für dich kaufen.
Mnnnnghhh
Und dazu noch das ... und ...
... dieses gehört noch hierzu, also ...
Ich kann ihn nicht stoppen ...
Zurück an die Arbeit ...
Hah ...

Wenige Tage später …
Huuh
Huuh
Raschel
Diring
Fwsch
!

Stolper
あたふた
Stolper
あたふた
Ah
ギイ
Knarz

Gwipp
Streich
Wenn ich eine neue Robe trage, ist das nicht fast ...
... als würde ich sagen: »Ich habe mich extra für dich herausgeputzt«?
Hah ..
Batamm
Ich will ihm nicht als einfältige Hexe in Erinnerung bleiben, die sich von ihm beeinflussen lässt.
Klonk
Ah

Das Boot hat am Steg angelegt ...
Poff
Poff
Swsh
Kneif
Brenn
Brenn
Ich bin bereit.
Flapp
Swsh
Swsh
Dodomm
Dodomm
Eins.

Zwei.
Drei.
Vier.
Tapp
Tapp
Tapp
Fünf.
Sechs.
Sieben.
Acht.
Neun.
Tock
Tock
Hff
Gatschack
Schepper
Schepper
Willkommen.

Habt Ihr gefunden, worum ich Euch gebeten habe?
Ja.
Lins
Hach ... Er hat einfach ein so tolles Gesicht!
Funkel
Funkel
Ich nehme Eure Sachen.
Swt

Plack
Späh
Scharr
Hah
Swsh
Hier hast du sie.

Ähm
...
Seid Ihr erschöpft? Ich kann Euch etwas zur Kräftigung geben
...
Nicht nötig.
Dieser misstrauische Blick
...
Er glaubt wohl nicht an Hexenmittel
...
Wend
Aber warum will er dann den Liebestrank?

Über seine Gründe …
… habe ich mir schon genug den Kopf zerbrochen.
Gut, dass ich mich nicht extra schön gemacht habe.
Sss
Sss
Rüttel
Rüttel
Rüttel
Murks
Murks
Swt
Kradonks.
Srrt
Krck

Ist da gerade was kaputtgegangen?
ギクッ
Schluck
Starr
じとぉ…
Wie wäre es mit aufräumen?
Leider gibt es keine Magie, die Ordnung herstellt …
Swsh
Für so etwas hat man Hände, oder nicht …?
Meine Hände können Magie wirken, aber nicht aufräumen.
Ich bin eben eine Hexe.
Was ist das?
Äh? Ah …

Der Salat ist schon etwas älter.
Schock
Essen kann ich den wohl nicht mehr ...
Gibt es eigentlich einen Grund, warum du so viel Salat isst?
Salat ist das Einzige, was in meinem Gartenbeet wächst.
Und man kann ihn auch ungekocht essen.
Hah?
Hah?!
Zweimal dieselbe Reaktion ...
Du isst nur Salat?
Wenn ich in der Stadt bin, esse ich manchmal etwas anderes ... Aber sonst schon, ja.
Ist er neugierig, wie Hexen sich ernähren ...?

Tapp
Tapp
Tapp
Klapper
Pack
!

Da ist ja an einem Hühnerschenkel noch mehr Fleisch!
Dodomm
Er sieht mich ...
So ein Unfug ...
Dodomm
So nah! Die langen Wimpern! Sein schönes Gesicht!
Dodomm
Starr
Sein schönes Gesicht ist wie eine tödliche Waffe in unmittelbarer Nähe ...!
Drip
Dodomm

Wapp
Schon gut.
Verzeih bitte.
Mngh
Fhh ...
Dodomm
Dodomm
Hah
Dodomm
Dodomm
Dodomm
Hah
Es dauert also noch länger ...
Ich werde nun mit der Herstellung des Tranks beginnen.
Dieser Vorgang benötigt eine gewisse Zeit, daher bitte ich Euch, in einem Monat wiederzukommen.
Neig

Swt
...

Hallo, ich bin eine
HEXE
&
mein Schwarm wünscht sich einen
LIEBESTRANK
von mir

Hallo, ich bin eine

HEXE

&

mein Schwarm wünscht sich einen

LIEBESTRANK

von mir

Glitzer
Glitzer
Raschel
Glaa
Und schon ist Sommer …
Kapitel 4

Zuvor war es mir immer lästig, aber in letzter Zeit bade ich häufig.
Garantiert, weil es so heiß ist.
Und nein, einen anderen Grund gibt es dafür nicht.
Außerdem erwarte ich heute keinen Besuch, also passt es gut.
Weh
Weh
Tien war gerade erst da, also kommt er sicher eine Weile nicht mehr.
Und falls doch, wäre es nicht so schlimm, wenn er mich sieht.
Paa
Auch Harij dürfte erst in einem Monat wieder etwas von mir wollen ...
... und er kam sowieso noch nie mittags hierher.
In einem Monat ...
Das erscheint mir lang und kurz zugleich ...
Treib

Mein Herz tut weh.
Vor Einsamkeit, weil ich ihn nicht sehen kann …
… und vor Glück darüber, einen Platz in seinen Gedanken einzunehmen.
Dass ein liebendes Herz so schwer zu kontrollieren ist …
Murmel
War es nicht eine meiner Stärken, meine Gefühle zu verbergen …?
Für die Verarbeitung der Rohstoffe benötige ich wirklich einen ganzen Monat.

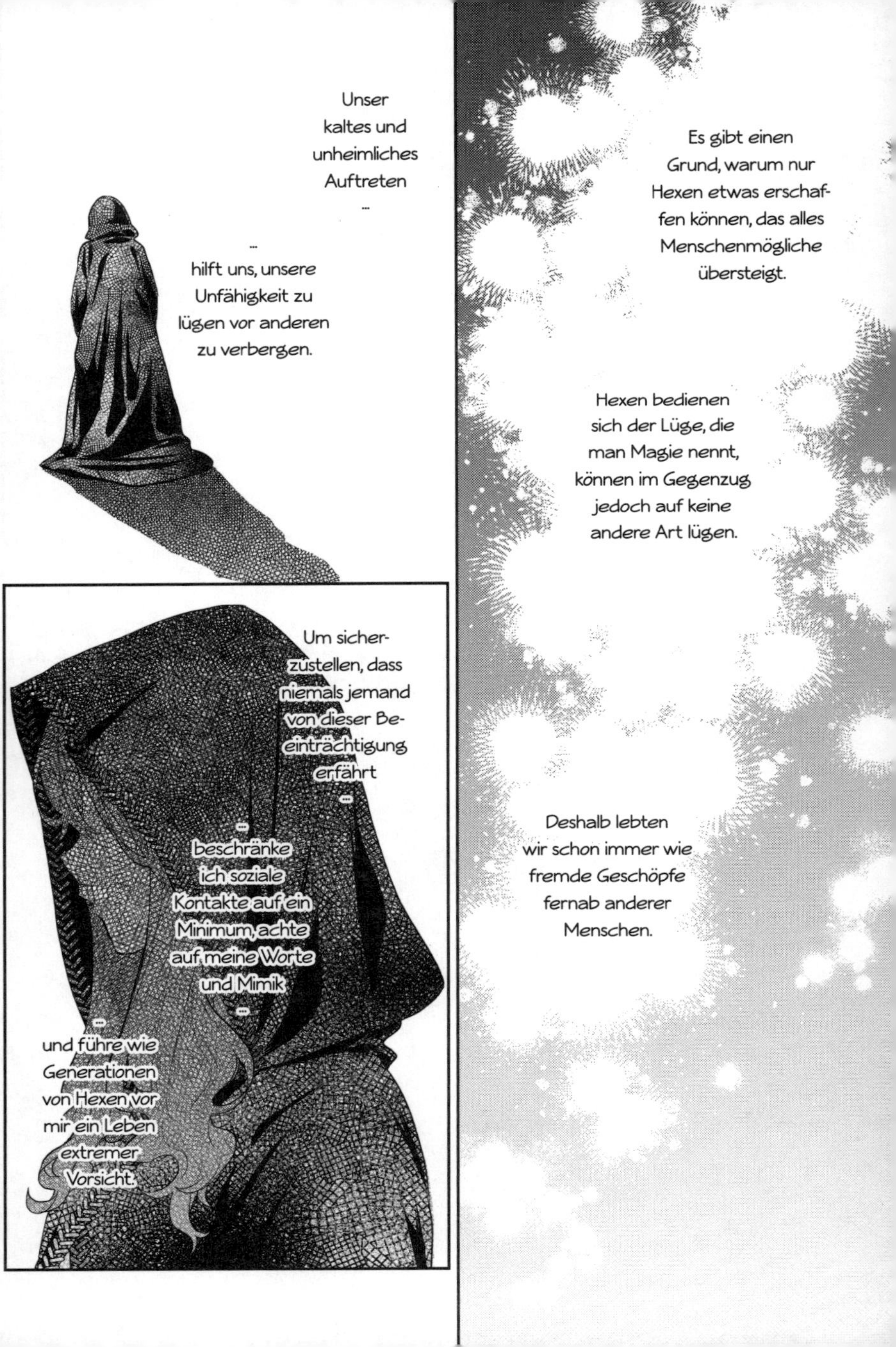
Es gibt einen Grund, warum nur Hexen etwas erschaffen können, das alles Menschenmögliche übersteigt.
Hexen bedienen sich der Lüge, die man Magie nennt, können im Gegenzug jedoch auf keine andere Art lügen.
Deshalb lebten wir schon immer wie fremde Geschöpfe fernab anderer Menschen.
Unser kaltes und unheimliches Auftreten ...
... hilft uns, unsere Unfähigkeit zu lügen vor anderen zu verbergen.
Um sicherzustellen, dass niemals jemand von dieser Beeinträchtigung erfährt ...
... beschränke ich soziale Kontakte auf ein Minimum, achte auf meine Worte und Mimik ...
... und führe wie Generationen von Hexen vor mir ein Leben extremer Vorsicht.

Glücklicherweise bezieht sich das nur auf ausdrückliche Lügen.
Ich kann trotzdem noch die Wahrheit verbergen oder vom Thema ablenken.
So konnte ich bisher auch ganz allein überleben.
...
Bei diesem schönen Wetter ...
... könnte ich ja mein Unterkleid waschen ...
Das mach ich.
Platsch

Trief
…
Schüttel
Schüttel
Flupp
Streif
Wring
Hah
Nghhrr! Komm schon …
Drip
Drip
Flapp
Oho
Plitsch
Platsch
Schüttel
Plitsch
Platsch
Plutsch
Flapp
Knack
Platsch
Plitsch

Di-i-i-ng
Ist doch eh wieder nur der spöttische Hirsch.
Grins
Nghhh
Na ja
Ich seh trotzdem mal na...

チ Zirp
チ Zirp
チ Zirp

V...
Verzeihung!
ずずっ
Wupp
Ha
...
ばくばく
Domm
Domm
Domm
ばく
Ha
ha ha
ha
...
ばくばく
ばく
Dodomm
Dodomm
Dodomm
Dodomm

Schwank
Zack
Pack
Batamm
Flücht
Huff
Huff
Sack
Domp
Er hat mich gesehen?
Aaaaah
Er hat mich gesehen! Er hat mich gesehen!

Meine bleiche Haut ...
Meinen Körper ohne das gebührliche Korsett ...
Wieso musste ausgerechnet Harij mich so sehen ...?!
Was macht er überhaupt hier?!
Der Monat ist noch nicht um?! Wir haben Mittag?!
Wupp
Aber ich kann mich nicht hier verste-cken ...
Er wartet schließlich auf mich ...!
Stürm
Die Robe muss jetzt genügen ...!
Pack
Sst

Waah
Patsch
Gut ...!
Kriiie
Gätschack
Verzeiht die Verzögerung. Ihr könnt übersetzen

Klonk
Tapp
Tapp
Tapp
Ich hoffe, du kannst mir das vorhin verzeihen.
Es gibt nichts zu verzeihen.
Zu denken: »Heute kommt niemand, ganz sicher nicht Harij«, war töricht von mir ...

Du weißt …
… wer ich bin?
Oh nein.

Wieso habe ich seinen Namen genannt?
Er selbst hat ihn mir gegenüber nie erwähnt!
Domm
So ein Fehler unterläuft mir doch sonst nie!
Ich bin noch viel zu durcheinander!
Ganz ruhig! Ich muss wieder klar denken!
Domm
Ja, das … ist richtig.
Seit wann?
Domm
Domm
…
Domm
Ich finde keine Worte, um seiner Frage auszuweichen …
Domm
Domm

Mir fehlt die nötige Gelassenheit, um vom Thema abzulenken.
Domm
Antworte.
Dabei kann ich doch nichts als die Wahrheit sagen!
Seit vier Jahren.
So lange schon?
Domm
Ähm ...
Bitte verzeiht mir!
Die Informationen meiner Klienten behandle ich natürlich streng vertraulich!
Ah, Dummkopf! Hör auf!
Domm
Ich bin gerade ... überhaupt nicht, wie ich sonst bin!
Könnte ich mir doch nur selbst mit Magie den Mund verschließen!
Wenn Ihr mich weiter mit Fragen löchert, plappere ich noch alles von A bis Z aus!
Domm
Ich brauche mehr Sauerstoff! Alles dreht sich!
Hah?
Domm

Wovon sprichst du?
Beug
Starr
Harij sieht mich an.
Domm
Domm
Er sieht mich ...!
Hh ...
Domm

H... Hexen ...
Als Preis dafür, dass sie Magie nutzen dürfen, können Hexen nicht lügen!
Ah ...

Zu spät.
Ich habe sogar das Hexengeheimnis offenbart …
… das niemals ans Licht kommen durfte.

Wupp
Domp
Swsh
?
Bonk
Bonk
Bonk
Bonk
H... He!
Lehn
Es tut mir so leid! Bitte verzeiht mir!
Die Geheimnisse sprudeln aus mir heraus, bis nichts mehr übrig bleibt ...
Wie leid es mir auch für alle anderen Hexen tut, ich kann nichts mehr daran ändern, dass die Wahrheit raus ist.
Sollte Harij diese Information herumerzählen, bin ich bereit, mich selbst zu schützen.
Als Hexe sollte ich dazu fähig sein. Doch, bestimmt. Ich will daran glauben.

Doch was, wenn er von meinen Gefühlen erfährt?
Ich bin weder adelig noch schön. Nicht einmal ein gewöhnliches Dorfmädchen.
Könnte ich das Elend ertragen, wenn er erfährt, dass sich ausgerechnet eine Hexe ...
... in jemanden wie ihn verliebte, der so schön, stark und edel ist?
Lieber würde ich sterben ...

Natürlich
...!
Ich hatte es ganz vergessen, so offensichtlich ist es.
Als Hexe fällt so etwas doch in mein Spezial-gebiet!
Gatschack
He!
Tapp
Tapp
Greif

Was tust du denn da?!
Pack
Zerr
Taumel

Bamm
Ah
Dodomm
Fwapp
Nuschel
Ich bin nicht promisk! Ich bin eine Hexe! Fast alle meine Einnahmen verschwinden wieder in den Rohstoffkosten der nächsten Mixturen, und weil ich viel zu nachlässig bin, was Kleidung betrifft, hatte ich nichts zum Umziehen, deshalb ...
Verstehe! Stopp! Es tut mir leid, wirklich!
Dass du noch viel aufge-wühlter bist, als ich dachte, ist mir nun klar!
Nuschel
Schäm
Erheb

Flp
コト
Streck
スッ
…
Wann hat mir wohl das letzte Mal wer seine Hand gereicht?
Stutz
ぽかん…

Aufricht
すくっ
Verzeih.
Swwt
スース
?
すとん
Plumps
Beug
ザッ

Harij geht vor mir ... einer Hexe auf die Knie ...?!
Du hast mir ein Geheimnis enthüllt, für das du sogar sterben würdest. Ich bitte um Vergebung.
Ich werde dieses Wissen tief in meinem Herzen begraben.
Als Ritter schwöre ich, niemandem davon zu erzählen. Bitte glaube mir.
Nick
Nick
Nick
Woher wusstet Ihr, dass es Gift war, was ich schlucken wollte?
...
Ich wusste nicht, was für eine Substanz es war, aber ich erkannte deinen Blick wieder.
In die Enge getriebene Tatverdächtige haben manchmal diesen Blick, kurz bevor sie versuchen zu fliehen.
Ah, stimmt ja.

Zum Glück kam ich noch rechtzeitig.
Hah
Starr
Das ist die Art Mensch, die Harij ist ...
Kram
Kram
Fsh
Ansonsten hätte ich das alles hier ...
... ja ganz alleine essen müssen.
Gatschack
Gatschack

Swsh
Du ernährst dich immer noch nicht vernünftig, oder?
Ist er etwa ...
Du bist schließlich ... eine junge Frau, also ...
... solltest du etwas mehr Gewicht ansetzen. Vor allem, da du mit all diesen Mixturen hantierst ...
Diese Arbeit gefährdet deine Gesundheit, und ohne die nötigen Reserven ist dein Körper jeder Gefahr schutzlos ausgeliefert.
Lins ちら
Lins ちら
... extra dafür gekommen? Mitten am Tag?

Mein Herz bebt.
Vielen Dank ...
Meine Brust schmerzt.
Wie kann ich diese Gefühle in Worte fassen?
Meine Brust ist so voll und mein Herz völlig aus dem Takt. Ich kann kaum atmen.
Ich möchte mich an ihn klammern und weinen.
Er war um mich besorgt.
Mindestens einen Moment lang hat er an mich gedacht.
Er sah das Brot in der Stadt und entschied, es für mich zu kaufen.
Ah ...
Gwipp

So also fühlt sich Freude an.
Swsh
Warm ...
Sie sehen sehr lecker aus.
Pack
Warte!
Sst
Ich bin außer mir vor Freude darüber, was der Mann, den ich liebe, für mich tat.
Ob auch ihm diese Erinnerung bleiben wird ...?
Du willst sie direkt so essen?
Starr
Äh? Das war meine Absicht ...
Hand ...

Erst einmal räumst du den Tisch auf!
Stapel
Düdümm
Immer diese adeligen Pingeligkeiten ...
Grmpf
Ich kann dich hören.
Weil ich es Euch hören lasse.
Hah
...

Hm ...
Ich denke, damit kann ich leben.
Sogar ein Tischtuch hat er mitgebracht ...
Schiel
チラ
Ich halluziniere nicht ... Harij sitzt wirklich vor mir.
Dass ich das erleben darf ...
Starr
じぃ~

Ah
W...
Was für eine unge-wöhnliche Butter ...
Das ist Apfelbutter. Sie soll sehr gut zu Brot schmecken.
Ooh! Ich mag Apfelbutter! Wie toll ...
Schneid
Streich
Ooh
Hier.
Danke schön.
Glitzer
Glitzer
Glitzer
Glitzer
...!
Flausch
Flausch
So ein weiches Brot hatte ich noch nie.
Es duftet nach frischen Äpfeln ...
Schnüff

ぱくっ
Happs
!!
ぉぉ
ああっ
Waaaaaah
!!
ぱくっ
Happs
Zweite Probe
So luftig und weich ...
... und trotzdem hat man auch etwas zu kauen, wie wundersam!
Auch die Apfelbutter ... Das Apfelmus harmoniert perfekt mit der Konsistenz der Butter!
Zusammen schmeckt alles unglaublich lecker!

Mampf もぐ
Mampf もぐ
Mampf もぐ
Mampf ぱくっ
Mampf もぐ
Mampf もぐ
Bitte, Harij!
Ich werde dich nie mehr um etwas bitten.

Nicht als Befehl deiner Prinzessin ...
Ich bitte dich als Laura, für die du schon immer wie ein Bruder warst.
Bitte ...
... besorge mir einen Liebestrank.

Hallo, ich bin eine

HEXE

&

mein Schwarm wünscht sich einen

LIEBESTRANK

von mir

Hallo, ich bin eine
HEXE
&
mein Schwarm wünscht sich einen
LIEBESTRANK
von mir

Kapitel 5

Mein Name ist Harij Azim.
Ich wurde als dritter Sohn in das gräfliche Haus Azim geboren.
Seit vielen Generationen widmen sich die Azims dem Schutze des Landes Marjan.
Daher gebührt unserem Namen ein fester Platz im nationalen Adelsregister.
An meinem 22. Geburtstag stieg ich in den Ritterstand auf und wurde Teil der königlichen Leibgarde.
Meine Hauptaufgabe ist der Geleitschutz von Prinzessin Billaura.

Billaura könnte ihrem Alter nach noch als Kind bezeichnet werden ...
... aber sie ist eine wunderbare Prinzessin, die Charakter, Anstand und ein liebevolles Herz in sich vereint.
Ich kenne sie, seit sie ein kleines Mädchen war.
Sie ist wie eine kleine Schwester für mich, und auch sie sieht in mir einen Bruder.
Doch um einen Gefallen bat sie mich nie.
Bis zu jenem Tag ...
Bitte, Harij! Ich werde dich nie mehr um etwas bitten.
Nicht als Befehl deiner Prinzessin ...
Ich bitte dich als Laura, für die du schon immer wie ein Bruder warst.

Bitte besorge mir einen Liebestrank.
Ein Trank, der das Herz eines Menschen verzerrt, verbiegt auch menschliche Moral.
Ich will nicht, dass sie von so etwas Gebrauch macht.
Aber diese traurige Bitte der Prinzessin, die noch nie etwas für sich beanspruchte ...
... konnte ich einfach nicht abschlagen.
Wenn jedoch herauskäme, dass die Königin ihren Leibwächter zu einer Hexe schickt ...
... könnte dies zu einem Skandal führen, der ihren Ruf beschmutzt.
Also machte ich mich im Geheimen auf den Weg zur Hexe vom See.
Die Hexenhütte, die ich nach langem Suchen endlich fand, war eine verfallene Baracke ...
... und die Hexe, auf die ich traf, lebte in einem unzumutbar dunklen und schmutzigen Raum.

Die Hexe vom See trug stets eine viel zu weite Robe ...
... und hielt mich mit zwielichtigen Bestellungen von sich fern.
Mein Misstrauen dieser in Dunkelheit gehüllten Frau gegenüber ...
... wurde mit jedem Besuch nur noch größer.
Daher war ich überaus überrascht ...
... als ich sie aus dem Wasser steigen sah.
Ich fragte mich, ob etwa eine Fee in diesem See lebt.

So un-
wirklich
war der
Anblick.
Nicht, dass ich unter der Hexenrobe eine Greisin erwartet hätte ...
... aber zum ersten Mal nahm ich sie bewusst als junge Frau wahr.
Ich fühle mich schlecht dafür, sie so angestarrt zu haben, aber ...
... dafür weiß ich nun einiges über sie.
Räusper

Dass sie trotz ihrer verdächtigen Art nicht lügen kann ...
Dass mich all die seltsamen Aufträge nicht abschrecken soll-ten, sondern tatsächlich für die Zubereitung des Trankes not-wendig waren.
Dass ihre Einnahmen fast gänzlich in Material-kosten verschwinden, sodass sie sich nicht einmal ein vernünf-tiges Kleid gönnen kann ...
Die undurch-schaubare Hexe ist einfach nur ein ganz normales Mädchen ...
... das soeben seine Vorliebe für Brot mit Apfel-butter entdeckt hat.
Hm
Da habe ich ja das Richtige mit-gebracht.

Lebst du ...
... hier eigentlich allein?
Leck
Ja.
Ich wohne hier allein.
Ist das nicht zu gefähr-lich?
Es gibt ohnehin schon Gefahren, denen allein lebende junge Frauen ausge-setzt sind.
Blinzel
Selbst wenn sie eine alte, suspekte Hexe wäre, aber als junge Frau ...

Ah ... vielleicht, aber ...
... ich ziehe keine Aufmerksamkeit auf mich.
So viele Klienten habe ich nicht.
Und wenn wer Verdächtiges kommt, verstecke ich mich im Kellerraum unter dem Boden.
So etwas kam also schon vor ...
Gwipp
Wie lange schon?
?
Schon immer.

Das findet sie also völlig normal?
So einsam und auf sich allein gestellt zu leben …
…
Das ist nicht in Ordnung.
Frauen sind Geschöpfe, die es zu beschützen gilt.
Ein Vormund sollte für sie sorgen …
… und ihnen die Mitgift für eine Heirat zur Verfügung stellen.
So wurde ich als Kind gelehrt.
Aber …
… was kann ich schon sagen? Ich bin für sie weder von Bedeutung noch verantwortlich.

ずぼっ
Swp
ペタ
Streich
ペタ
Streich
Oooh ...
Am nächsten Tag ...
ギイ…
Kriie
Entschuldige die Störung.

Zuck
ぎょっ
Hier.
Ähm ...
Hier ist kein Versamm-lungsort ...
Wieso ...
Kein Problem.
»Kein Problem« ...?
Das ver-stehe ich nicht.
Aber ...!
Schnüff
すん
Schnüff
すん
Da riecht etwas total gut!!
Diesem Korb zuliebe sei es ge-stattet!
?!

Was ist hier drin?
Swt
Eine Tarte Tatin.
Tarte Tatin …
Oooh …
Lecker …
Schon der Duft ist köstlich …
Ich schneide sie gleich mal an.
Schiel
Nach dem gestrigen Vorfall hatte ich mehr Unbehagen zwischen uns erwartet …
Pack

...
doch irgendwie kann ich ihm nun natürlicher begeg-nen als zuvor.
Bin ich froh ...
Domp
Ich erinnere mich eh nicht mehr, was ich ihn sehen ließ.
Nackt ...
Zirp
Zirp
Dies und das aus Kapi-tel 4
Genau, hab ich alles vergessen.
Ach ja ...
Ich trinke meinen Tee gern stark.
Tee ...?
...
Ah!
Verstehe!
Irgendwo sollte noch der teuer aus-sehende Schwarztee sein, den ich zum Dank von einem Klienten erhielt ...
Tapp Tapp
Grrk
Ich könnte ja auch Tee servieren!
Hat Harij etwa vor, länger zu bleiben?
Nun gut, immerhin brachte er ein Geschenk mit ...
Dann soll es wohl so sein.

Das ist er.
Plock
パカッ
Zuck
ピク
Oh!
Er ist ver-schimmelt.
Dümm
Halt!
Da
da
da
Wupp
Schnapp
Du wolltest den jetzt nicht wirklich auf-gießen, oder?!
…
Starr
Ich bringe morgen Tee mit.
Äh …
Ääh?!
Morgen kommt Ihr auch?!
Ja.

Hast du irgendwelche Vorlieben?
Warum kommt Harij mich grundlos besuchen?
Ich habe zwar nichts dagegen ...
... aber wie soll mein Herz aushalten, ihm ständig so nah zu sein?!
Ungh ...
Nein, natürlich habe ich keine, aber ...
»Keine, aber« ...?
Sonst etwas?
Starr
Nein ...
Ich fragte mich nur, ob Euer häufiges Kommen Euch nicht Umstände bereitet.
Natürlich bin ich hier, weil ich es mir erlauben kann.
In der Garde gibt es gerade große Personaländerungen.
Meine Untergebenen drängten mich dazu, mir endlich mal Urlaub zu gönnen.
Stutz
Mit anderen Worten ...
Statt mir ganze Tage freizunehmen, verlängere ich meine Mittagspausen.
Urlaub ...?
?
Ich weiß nicht viel über die Menschenwelt.

Deshalb kann ich auch mit seiner Erklärung nicht viel anfangen ...
Hat er die Tarte vielleicht wirklich nur meinetwegen gebracht?
...
Wie nett.
Starr
Und außerdem ...
Swsh
... ist es hier schön ruhig.
Mögt Ihr den Wald?
Hm? Ja.

Ich auch.
Ich mag ihn auch.
Harij und ich ... Wir mögen beide dasselbe.
Räusper
こほん
Wie wäre es mit heißem Wasser statt Tee?
In Ordnung.
Heißes Wasser –

Vielen Dank!
Piks
Bröckel
Bröckel
Blink
ele
gant
So weich
Ooh ...
Happs
Himmlisch ...
Der frische Geschmack der Äpfel mit dem bittersüßen Karamell ...
Das ist Glückselig-keit!
Gott gibt es wirklich ...

チラ
Blick
Ich räume die Teller ab, ja?
Bitte.

Köstlich, die Tarte Tatin ...
...
Es wäre gut ...
... wenn ich mehr Geschirr hätte.
Es passt nicht mal zusammen ...
... und er sagte ja, er käme wieder ...
Ah!
Klirr
Hier oben müsste noch ein Teller sein, den meine Groß-mutter früher benutzte.
Nghnn
Ngrrrhhnn
Fwish
Ich brauche wohl einen Stuhl ...

Was möchtest du von dort?
!
Dodomm
Wie nett …
Dodomm
Und nah …
Dodomm
Bitte … … setzt Euch wieder, Ihr seid schließlich mein Gast.
Domm
Was möchtest du von dort?
…
Ich komme wohl nicht drum herum …
Könnt Ihr die linke Schranktür für mich öffnen?
Natürlich.
Klirr

Schepper
Schepper
Schepper
...
Tritt zurück.
Es könnten Dinge heraus-fallen.
Kommt nicht in-frage! Ihr als Gast ...
Ich selbst verletze mich ganz sicher nicht.
Wupp
Gilt bei Verletzungen nicht für alle Men-schen dasselbe Prinzip?!
Und wenn Harijs schönes Gesicht durch eine Wunde verunziert würde ...!
Bitte ...!
Schon gut, keine Sorge.
Ich öffne sie ganz vor-sichtig, also geh etwas zurück.
Warum soll ich zurück-treten, wenn er doch vorsichtig ist?!
?
?
Schwupp
Pwah

Also, was brauchst du nun von hier?
Dort hinter dem Krug ...
Ah!
Passt auf das Fläschchen auf und achtet bitte auch auf die Papiertüte daneben ...
Komplizierter ...
... als erwartet.
Schräg links dahinter, und da gegenüber hinten rechts ...
Ah, etwas weiter links.
Wirr
Wupp
Rumpel
Purzel
Bums
Ist zurückgetreten
Beachtlich.
Du solltest unbedingt lernen, besser aufzuräumen.

Ich hebe dich hoch.
Wie?
Lupf
?!
Dodomm
Dodomm
Swt
Sst
Nimm, was du brauchst!
J... Ja!
Bergung erfolgreich.

...!
Du hast ja immer noch kein Gewicht zugelegt ...
Hat er das gerade überprüft?!
Er scheint mich als Mensch zu sehen, aber nicht als Frau ...
Aber als Hexe ist das ja sowieso einerlei!
Ich konzentrier mich jetzt einfach darauf, die Dose zu öffnen.
Plock
Da ist der Teller!
Wie hübsch ...
Eine schöne Farbe.
Wohl das Werk eines recht talentierten Töpfers?
Diesen Teller ...

»Diesen Teller könnt Ihr ab jetzt benutzen.«
Erbärmlich.
Wieso mache ich mir schon wie selbstverständlich Hoffnungen …
… dass Harij auch das nächste Mal etwas Süßes bringt?
Was ist?
Ach … Da ich jetzt mehr Besuch bekomme …
… sollte ich auch mehr Geschirr haben, dachte ich nur.
Fast hätte ich etwas Dummes gesagt.
Warum rechtfertige ich mich überhaupt?
カッ Klonk
Hach …
Deswegen mag ich es nicht, verliebt zu sein.

Swwt
Die Liebe macht eine Idiotin aus mir ...
Hä?
»Swwt?«
Unter der Kapuze sieht man dein Gesicht so schlecht.
Das ist ja auch der Grund, warum ich sie trage!
Was soll das?!
Flapp
Ich will es aber sehen!
Ich will aber nicht, dass Ihr es seht!
Sträub
Findest du so anonym überhaupt genug Kunden?
Und ob! Hexenwunder-mittel werden schließlich aus Rätseln und Geheimnissen gemacht!
Und außerdem, äh ... ja!
Sie dient auch als Schutz ...

In dem Fall brauchst du sie jetzt nicht.
Du kennst mich ja.
Ich brauche sie jetzt mehr denn je!!
Ihr seid derjenige, der mein Gesicht nicht sehen darf, wenn er solche Dinge zu mir sagt!
Voller Ernst
Doch das kann ich nicht sagen ...!
Urgh ...
Nun gut.
Dann erklärt mir bitte, warum ich mein Gesicht zeigen sollte.
Warum ...?

Hast du sonst irgendjemandem von dem …
… Hexengeheimnis erzählt?
Wupp
Wupp
Wenn das so ist …
… bin ich doch der Einzige, dem du beim Gespräch …
… offen ins Gesicht blicken kannst.
Und selbst wenn ich dir ansehe, dass du etwas nicht sagen willst …

... genügt mir ein simples »Ich will es nicht sagen«.
Ist das ein Angebot ...
Also brauchst du sie nicht.
... mein Gesprächs-partner zu werden ...
... um mich von der Einsamkeit meines Geheimnisses zu befreien?
Kam er deshalb heute hierher?
Um Verantwortung für das zu überneh-men, wovon er durch Zufall erfuhr?
Dabei trifft ihn gar keine Schuld ...
Sst

Gegen diese Begründung ...
... kann ich nichts einwenden.
In Ordnung.
Swwt
Lächel
Bitte verzeiht, falls meine Manieren zu wünschen übrig lassen.
Es ist eine Weile her, dass ich jemandem so offen gegenübertrat ...
Hm

Fortsetzung folgt …

Nachwort

Hallo! Ich heiße Kamada und bin für die Manga-Umsetzung von *Hallo, ich bin eine Hexe und mein Schwarm wünscht sich einen Liebestrank von mir* zuständig. Vielen Dank, dass ihr das Buch gelesen habt.

Ich habe das Original regelrecht verschlungen, so süß fand ich die Beziehung der beiden, die von Anfang bis Ende in einem solchen Trödeltempo umeinander herumstolpern. Dass mir nun die Verantwortung für die Manga-Adaption überlassen wurde, empfinde ich als große Ehre!

Äußerlich lässt sich Rose zwar nicht allzu viel anmerken, dafür macht es aber umso mehr Spaß, die Dynamik ihres inneren Gefühlslebens zu zeichnen. Außerdem mochte ich es in diesem ersten Band besonders, die Tarte Tatin zu zeichnen! Tarte Tatin und Apfelbutter aß ich beides zum ersten Mal, nachdem ich in diesem Werk davon las. Ich erinnere mich noch, dass ich genau wie Rose überwältigt davon war, wie köstlich beides schmeckte, ha ha …

Ich werde mich auch weiterhin mit vollster Hingabe darauf konzentrieren, den so sensibel von Eiko Mutsuhana geschilderten Gefühlen der beiden und dem weichen Weltbild im Manga in angemessener Weise Ausdruck zu verleihen. Ich hoffe, wir sehen uns im nächsten Band wieder!

釜田 Kamada

Manga-Ausgabe

Vielen Dank, dass ihr *Hallo, ich bin eine Hexe und mein Schwarm wünscht sich einen Liebestrank von mir* gelesen habt! Ich bin Eiko Mutsuhana, die Autorin.

Als ich erfuhr, dass die Zuständigkeit für die Manga-Adaption ausgerechnet auf meine geliebte Frau Kamada fällt, war ich so freudig überrascht, dass mir fast die Augen aus dem Kopf, das Herz aus dem Mund und ein Reiskloß aus dem Regal gefallen wären.

Die niedlichen Gesichtsausdrücke der Charaktere, die Detailliertheit der Hintergründe, die einen praktisch den Wind auf der Haut spüren lässt, und dazu diese beherzte, leserfreundliche Panelaufteilung. Immer wenn ich vor allen anderen die Rohskizzen oder die fertigen Manuskripte lesen darf, denke ich genau wie Rose auf S. 147 voller Ergriffenheit: »Gott gibt es wirklich ...«.

Ich fühle mich unglaublich geehrt, dass mein Werk nun in allen möglichen Formen genossen werden kann, sei es die Light Novel als E-Book, in gedruckter Form oder diese Manga-Adaption. Ich würde mich freuen, wenn euch *Hallo, ich bin eine Hexe* auch weiterhin Freude bereitet.

六つ花えいこ Eiko Mutsuhana

Fantasy 13 +

Mein neues Leben als Hexe in einer fremden Welt

sora | Tail Yuzuhara

Als die zurückgezogene Sena auf ihrem Schulweg stirbt, beginnt für sie ein neues Leben in einer anderen Welt. Ausgestattet mit magischen Kräften will sie endlich aufgeschlossener werden, doch sind diese zu gefährlich und sie meidet die Außenwelt. Bis eines Tages der Prinz Keith ihren Weg kreuzt.

Green Garden

Sozan Coskun

Auf der Suche nach ihrem Vater begibt sich Mai zur legendären Traumwerkstatt von Professorin Vendricks, die mit Mais Vater an einem Forschungsprojekt gearbeitet hat. Die beiden kamen dem dunklen Geheimnis einer schier unerschöpflichen Energiequelle auf die Spur, für die die Menschheit einen sehr hohen Preis zahlt. Als Mai den Laden betritt, ahnt sie nicht, dass dies der Beginn einer Reise ist, die ihr ganzes Land verändern wird …

Fantasy 13 +

Colette beschließt zu sterben

Alto Yukimaru

Colette ist Ärztin, genauer genommen die einzige Ärztin ihrer Stadt, und deshalb Tag und Nacht im Einsatz. Irgendwann ist sie so mit den Nerven am Ende, dass sie beschließt zu sterben! Aber so richtig will ihr das nicht gelingen. Stattdessen findet sie sich quicklebendig in der Unterwelt wieder, wo schon der nächste Patient auf sie wartet: der Herrscher über den Höllenkerker Hades!

Fantasy 13+

Im Namen der Meerjungfrau

Yoshino Fumikawa | Miya Tashiro

Mio wurde mit den Fähigkeiten einer Meerjungfrau geboren! Doch Menschen mit besonderen Kräften werden in ihrem Heimatland Broggnig verstoßen. Ihr Vater, der König des Landes, zwingt sie deshalb, Medikamente zu nehmen, die sie für einige Zeit wie einen normalen Menschen erscheinen lassen. Doch langsam wachsen Zweifel in Mio. Ist das der richtige Weg?

altraverse

Deutsche Ausgabe / German Edition
Altraverse GmbH – Hamburg 2023
Aus dem Japanischen von Rahel Niedermann

Redaktion: Ulrike Gatzke
Herstellung: Cathrin Hamester
Lettering: Vibrant Publishing Studio

Druck: CPI books GmbH, Leck
Printed in Germany

MIX
Papier
FSC FSC® C083411

ISBN 978-3-7539-0612-6
3. Auflage 2023

www.altraverse.de